시간의 향기

시간의 향기

예송 이익호가

쓰고, 새기고, 노래하고, 각인한 흔적들

이지출판

두 개의 칼날

저는 오랫동안 무도의 길을 걸었습니다.

무술은 몸과 마음을 다해 행하는 예술로서 단순히 연마하고 수련한다고 해서 도달하는 것이 아닙니다. 부단히 자신과의 싸움을 해야 하며, 극복하고 노력하는 과정을 끊임없이 되풀이해야 합니다.

그렇게 저는 인생의 거의 전부를 걸고 한눈팔지 않고 무도의 칼날 위에서 살았습니다.

그러다가 우연히 서각書閣의 매력에 빠졌습니다.

제가 무도에서 사용하는 칼이 사람을 향한다면, 서각은 자신의 내면과 자연의 시간을 향하고 있었습니다. 잠시 한눈을 팔거나 다른 생각에 몰두하면 틀림없이 탈이 나고 다치게 됩니다. 서각의 칼은 오직 묵선墨線을 향해 파고들고 다듬기를 무한 반복해야 완성되는 지난하고 고독한 예술행위입니다.

다행히 저는 이 길이 좋습니다. 게다가 적성에도 맞습니다. 도복을 입고 기합을 지르고 몸을 던지다가도 서각의 칼을 쥐면 마음이 편안해지고 안정이 됩니다. 시간이 지나는 것도 잊어버릴 만큼 심취하게 됩니다.

제게는 사람을 향하는 무술의 칼만큼이나 작품을 향한 예술의 칼도 무척이나 마음에 듭니다.

세상의 근심과 걱정을 잊을 만큼 집중해서 다듬어 낸 소중한 작품들을 이 책에 담았습니다. 부족하지만 가장 행복한 마음으로 잉태한 작품들입니다.

항상 큰 가르침으로 이끌어 주시는 호산 김주연 선생님께 감사의 인사를 올리며, 앞으로 바람이 있다면 전통과 현대를 아우르는 창의적인 서각을 완성하고 싶다는 뜨거운 열망이 실현하기를 기대하는 마음입니다.

무도와 예도, 두 개의 칼날을 부지런히 갈고닦아 사람의 향기가 깊은 인생을 살아가겠습니다. 시간의 향기 속으로 스며들겠습니다.

2022년 초여름
예송 이익호

차례

제1부 변하지 않는 길이 좋아서

제2부 그 숲에 너를 두고 왔다

제3부 내가 넘어야 할 산

제1부

변하지 않는 길이 좋아서

무도

변하지 않는 길이 좋아서
무도의 길로 들어섰다
가볍게 변하는 사람들 속에서
한결같기를 소망하나니

비록 내 뜨거운 피가
세상을 데우지 못한다 해도
어느 작은 가슴 하나는
따뜻하게 지킬 수 있기를

변하지 않는 마음이 좋아서
무도의 길로 들어섰다
힘들고 어려워도 나는
한결같은 길을 가려 하나니

아이에게
– 사랑하는 제자들에게

너희는 날마다 자라는
소중한 존재들이야

하늘의 달을 바라보렴
처음에는 아주 작은 달이
점점 자라나서
마침내 큰 보름달이 되듯이

들판의 나무를 바라보렴
처음에는 아주 작은 잎새들이
점점 무성하게 우거져
마침내 커다란 나무가 되듯이

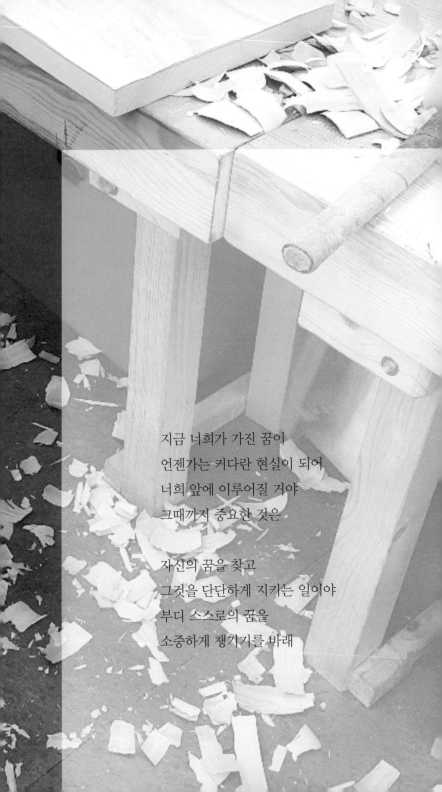

지금 너희가 가진 꿈이
언젠가는 커다란 현실이 되어
너희 앞에 이루어질 거야
그때까지 중요한 것은

자신의 꿈을 찾고
그것을 단단하게 지키는 일이야
부디 스스로의 꿈을
소중하게 챙기기를 바래

각인

마음에 새긴
선명한 그림자
눈물 같은
그대의 뒷모습

달려가
잡고 싶은
자꾸만
보고 싶은

가슴에 새긴
선명한 그리움
천금 같은
당신의 목소리

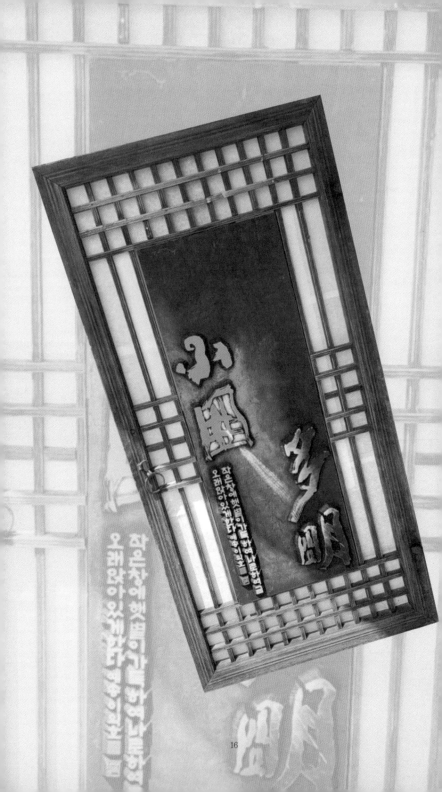

창의 창에 햇볕이 길이 들어 오래앉아 있게하다 정주의대

16

욕심나는 꿈

한세상
꿈꾸었다네
그대와 더불어
살아가는 꿈

큰 욕심내지 않고
나물 밥상에
마주한 웃음이면
족하다 여겼는데

채송화 울타리 친
낮은 지붕에
박꽃 피어나는
밤을 꾸었다네

한세상 꿈꾸었다네
그대와 더불어
살아가는 꿈

말 안 해도

알지
네 편인 걸

말하지 않아도
말하지 못해도

내 마음은 항상
너만 보는 걸

알지
언제나 네 편인 걸

길

제대로 가는
길이었으면

거침없이 살아온
지난 시간이

청춘을 바친
일생의 시간이

올바른 정신력으로
제대로 가는
참된 무도인의
길이었으면

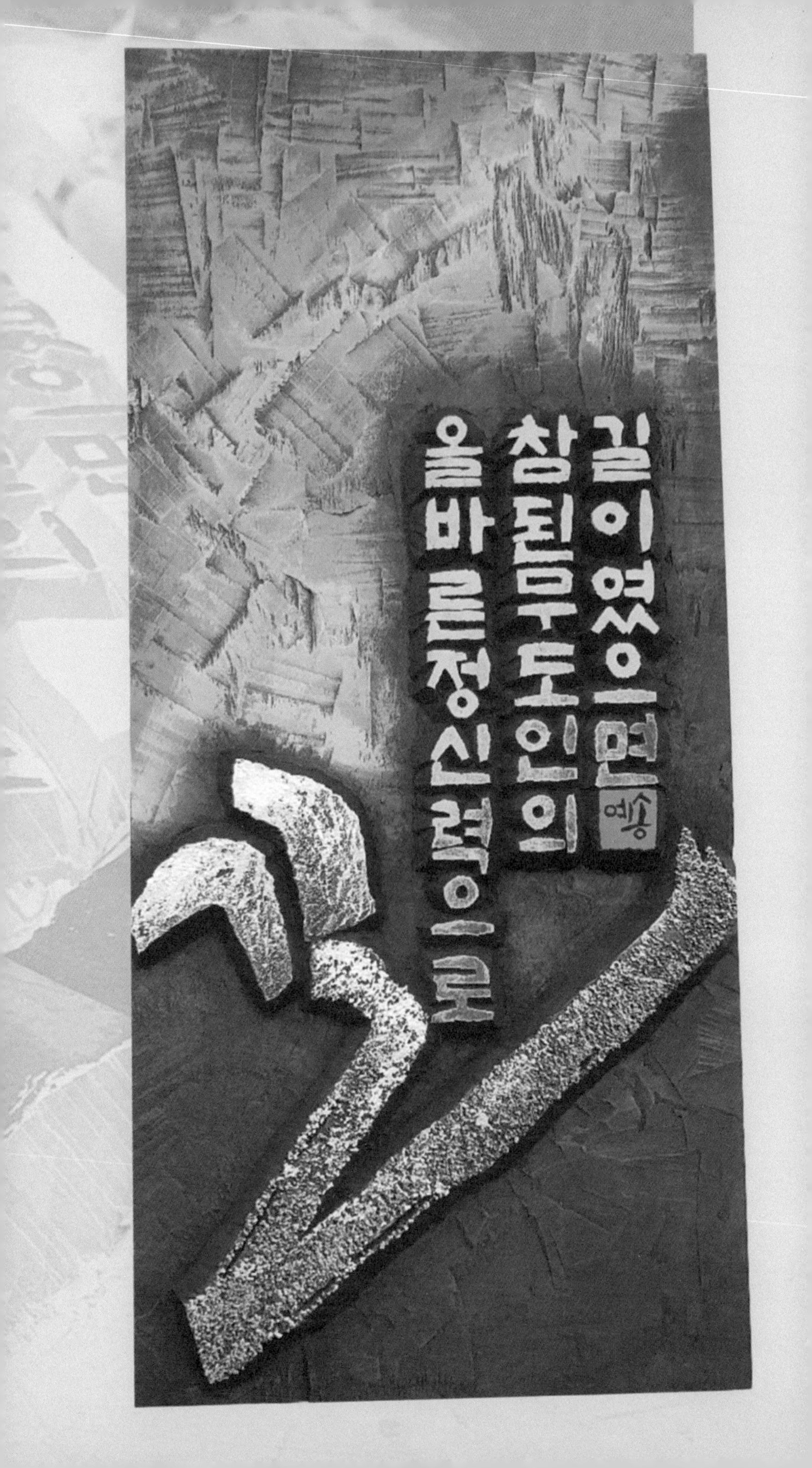
길이였으면
참된무도인의
올바른정신력으로

시간의 강

꿈꾸었었나 보다
그대가 떠난 자리에
강물처럼 흐르는 기억들

고마웠던
눈부셨던
그대가 준
행복한 시간들

살면서 꾸는
가장 행복한 꿈은
그대였다
그대가 새겨 준
흔적이었다

23

꿈은

가능성의 또다른

이름이다.

삶

누군가 문을 두드리면
망설이게 된다

열어 줘야 할까
모른 척
지나갈 때까지
숨을 죽여야 할까

삶의 경계선을
부단히 넘어온 지금
일말의 가능성에
다시 귀를 세운다

산다는 것은 언제나
가능성의 또 다른 이름이기에

지금

그대가 누려야 할 시간은
지금이다
그대가 살아야 할 순간은
바로 지금이다

멀리 있는 행복을 찾지 말고
보이지 않는 것을 욕심 말고
그냥 행복하게 살아라
마냥 감사하며 살아라

행복은 찾는 것이 아니다
행복은 욕심이 아니다

삶의 다른 이름이 행복이다
현재의 다른 이름이 행복이다
살아 있는 지금
행복하고 감사하라

모든 순간을
사랑하고 노래하라
마음이 낮아지면
행복이 고일 것이다

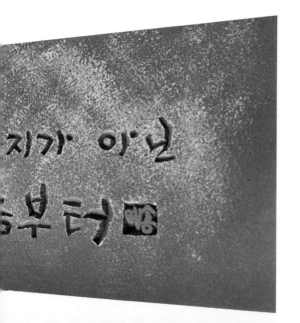

한줄기 길

산다는 건
여러 겹의 길을 가는 것
하나의 길이 끝나기 전에는
다음 길을 알 수가 없지

쉬운 길도 있고
어려운 길도 있지만
선택해서 고를 수는 없어

많은 것을 주지만
아무것도 가질 수 없는
모든 것을 보지만
어느 것도 머물지 않는

만나서 고맙고
헤어지며 눈부신
한줄기 길을 가는 것

그것이 인생이야
길 위의 인생이야

길의 노래

아득히 멀리서
들려오는
나직한 길의 노래

가슴을 열고
고요하게
눈부신 햇살이
없더라도
차가운 바람이
불더라도

서로의 눈빛에서
길을 찾고
소망의 온기로
힘이 되라고

지치지 말고
살아가라는
나직한 길이 노래

새기다

글을 새기다
줄을 새기다

복잡한 생각도
다난한 일상도

한 켠에 미뤄 두고
먹을 갈고 칼을 닦아

인생을 새기다
마음을 새기다

아버지의 기도

내 아이들이 자라
푸른 모습이 되기를
아버지인 나는
날마다 기도한다

나의 기도가 아이들의 앞날에
소리 없이 내리는 햇살 같기를
나의 바람이 아이들의 미래에
든든하게 받치는 믿음 같기를

돌아보면 나의 아버지가
내게 그랬듯이
그 아버지의 아버지가
그러하셨듯이

시간이 지나도
이렇게 사랑하는 나의 마음이
먼 길 가는 아이에게
등 뒤의 하늘이 되기를

사부곡

내 안에 있는 이여!
단단하게 정립한 이여!
한 치의 허술함도
용납하지 않는
단호한 이여!
모범되는 이여!

당신의 손길로
인도하신 인생이
굽이마다 고비마다
험난하여도
굽히지 않는 것은
당신에게 배운 것
주저앉지 않는 것은
당신에게 받은 것

내 안에 사는 이여!
든든하게 지키는 이여!
끝나지 않는
온화한 이여!
위안되는 이여!

바람이 분다

낮은 곳으로
당신 곁으로

바람이 분다
다시, 바람이 분다
잠들지 말라고
잊지 말라고

바람은 그렇게
당신은 그렇게

바람이 분다
그대, 바람이 분다
뜨거운 가슴으로
살아가라고
사랑하는 마음으로
살아가라고

살아보라고
다시, 바람이 분다

낯 섬

낯선 곳에서
낯 섬을 만나다

길을 가다가
이야기를 만나고
오래전 두고 온
사연을 만난다

알고 있었지만
이제는 낯설어진
지나간 이야기가
말을 건다

낯 섬에 새로운
나무가 자란다

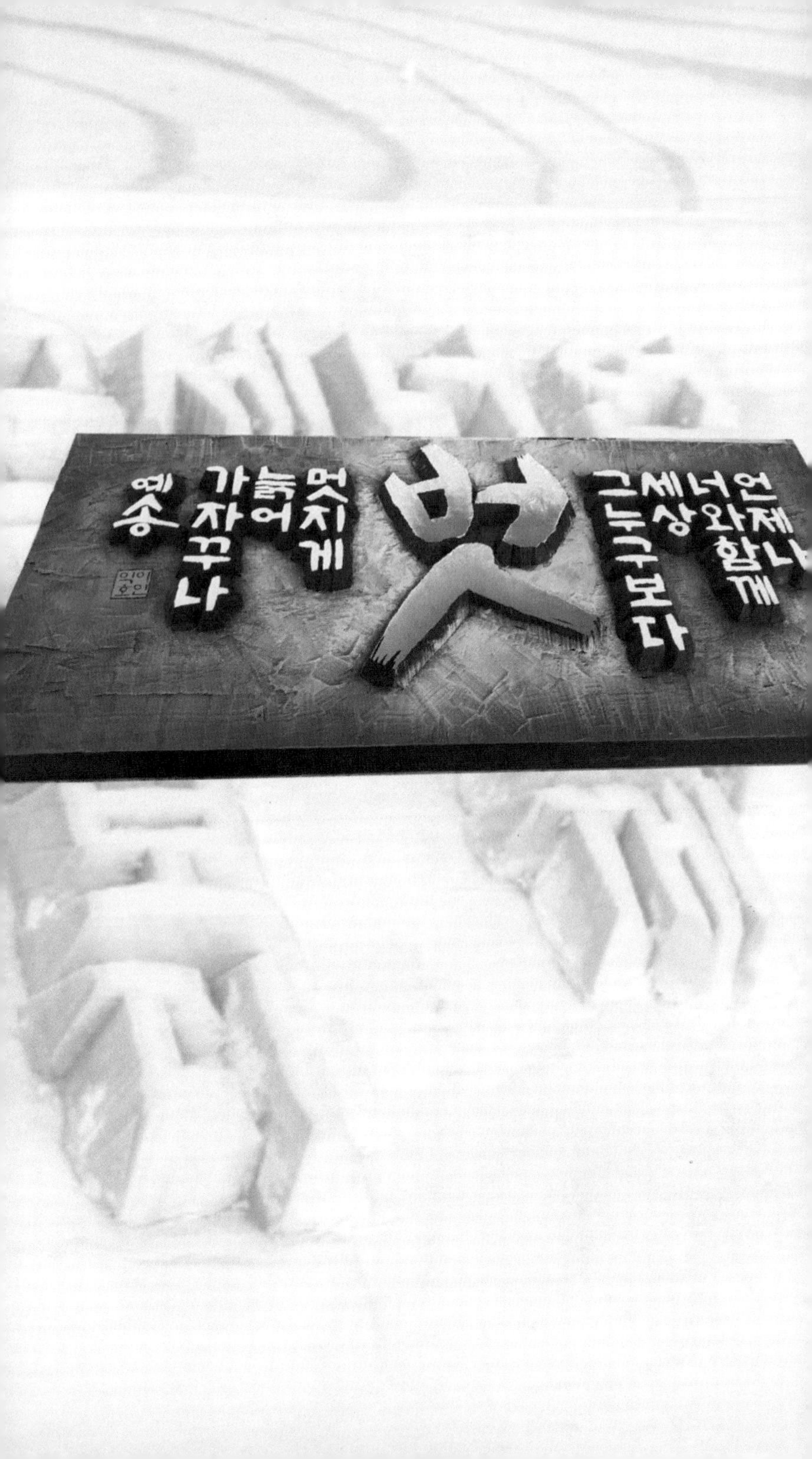
언제나
너와 함께
세상
그누구보다
멋
멋지게
늙어
가자꾸나
예송

벗

꽃이 피는 것을
보았는가 벗이여!

바람이 부는 것을
들었는가 벗이여!

아름답게 살라고
꽃이 핀다네
자유롭게 살라고
바람이 분다네

눈물이 피는 것을
보았는가 벗이여!

시간이 지는 것을
들었는가 벗이여!

마음

마음이 가는 길을
몰랐네
마음이 내는 소리를
지나쳤네

이미 답을 알려줬는데
이미 길을 알려줬는데

마음이 원하는 것을
몰랐네
마음이 부르는 이를
지나쳤네

보고 싶어서

눈을 감아도
눈을 떠도
그려지는 것을
떠오르는 것을

돌아갈 수 없어서
돌이킬 수 없어서
언제나 바보처럼
머뭇거리던 걸음

한달음에 달려가
품어보고
안아보고
어루만져 볼 것을

보고 싶었다고
사랑한다고
속시원하게
고백이나 해 볼 것을

예송 이익호가
쓰고,
새기고,
노래하고,
각인한 흔적들

당신의 시간

세상에는
중요한 것이 있어요
많은 것이 의미 있고
소중한 인연도 있어요
무엇보다 귀중한 것도 있고
다시 볼 수 없는 것도 있어요
그 가운데 가장 중요한 것은
당신 자신입니다

당신에게 가장
중요한 것은 당신입니다
당신에게 가장 의미 있는 것은
당신의 마음입니다
이 세상 어느 것도
당신의 시간보다
중요한 것은 없습니다

기억하세요
제일 소중한 것은
당신 인생입니다

멀리 있는 산

산을 안다고 생각했다
산에 무엇이 있는지
알고 있다고 생각했다

나무도, 바위도, 계곡도
익숙하다고 생각했다
어디라도 비슷하다고

그러다가 멀리 있는
산을 보았다
겹겹의 산이 늘어서 있었다

물결 같았다
파도 같았다
바다 같았다

아무것도 알 수 없었다
짐작도 할 수 없었다
바라다보기만 했다

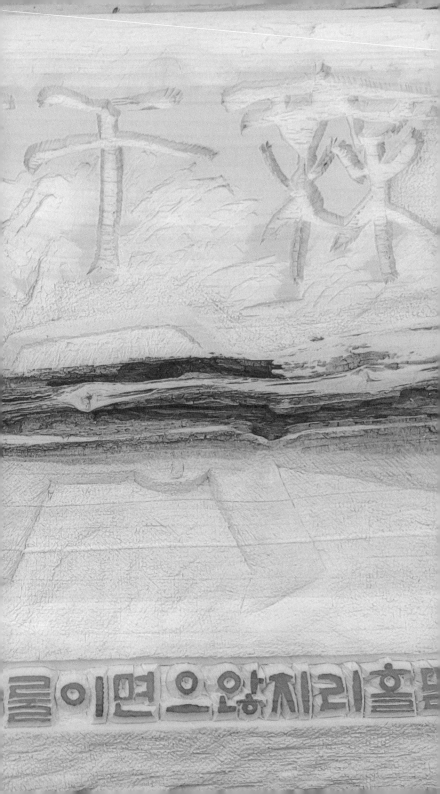

사랑은

사랑은 그대 머리 위에
쏟아지는 햇살이다

사랑은 그대 발걸음에
부서지는 시간이다

사랑은 그대 이마 위에
내려앉는 기도이다

사랑은 그대 가슴속에
잠드는 숙명이다

사랑은 그대 꿈속에서
눈물짓는 얼굴이다

사랑은 그대 위해
희생하는 한 사람이다

산

마음을 다해
밀어본다

움직이지 않는 산
어림없다는 듯
안개 속으로
들어가 버린다

마음을 다해
빌어본다

움직이지 않는 산
알았다는 듯
바람 속으로
새소리 들린다

마음이 흔들릴 때

마음이 흔들릴 때
우리는 누군가에게 손을 내민다
비록 그 사람이
등을 돌리며 서 있을지라도
내민 손을 쉽게 접지 못한다

포기한다는 것은
상대를 영영 잃어버리는 것이 아니라
자신을 놓치는 것이라는 것을
알기 때문이다
마음이 흔들릴 때
우리는 가슴에서 뻗은 손을 내민다

꿈

당신이 갈 수 있는 곳까지
꿈꾸어라
당신이 할 수 있는 끝까지
도전하라

당신이 품어 온
꿈은 소중하다
당신이 시도하는
행동은 아름답다

피하지 말고 즐겨라
두려워 말고 나아가라
방황하지 말고 달려라
멈추지 말고 이루어라

당신이 갈 수 있는 곳까지
도달하라
당신이 할 수 있는 끝까지
파고들어라

행복한 선물

당신을 생각하며
한 획
당신만 생각하며
또 한 획

씨줄로
날줄로

당신이 좋아할 생각하며
한 각
미소를 기대하며
또 한 각

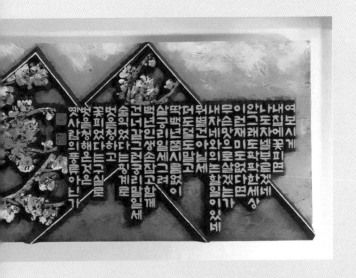

무심

어떤 것은
참 쉽게 지나간다
바람이 그렇듯이
구름이 그렇듯이

흔적도 없고
미련도 없이

지나간 자리에
남은 것은
아무것도 없다
마음도 없다

기억

눈물은 기억한다
어느 골목길
습한 바람 속으로
떨어지던 인연을

다시 그대에게

씨를 뿌리고
물을 주고
자꾸만 돌아보았다
조바심에

싹이 나고
가지가 돋고
꽃이 피고
그늘이 지면

다시 그대에게
초대장을 보내야지
당신을 기다리는
마음 하나 있다고

마르지않는 산밑의 우물 산중 친구들
에게 공양하오니 표주박 하나씩 가지
고 와서 저마다 둥근 달 건져 가소서

송때

소리

바람이 지나가는 소리
비가 내리는 소리
다람쥐가 나무 타는 소리
옆가지에 꽃피는 소리
가지 아래 풀 돋는 소리
하늘에 별 지는 소리

나무의 결을 따라
조각도를 움직이면
나무 속에 갇혀 있던
세월의 소리들이 들린다

사람이 지나가는 소리
눈이 내리는 소리
멧새가 총총거리는 소리
낙엽이 떨어지는 소리
갈대가 부서지는 소리
구름이 물드는 소리

바위

꽃 지는 자리에
사람이 앉았더라
무엇이 그리운지
하염없이 앉았더라

며칠이 지나고
몇 달이 지나고
몇 해가 지나도록
변함없이 앉았더라

그렇게 그 자리에
꽃모양의 바위가 생겨
사람들이 바라보면
왠지 마음이 먹먹하더라

맺한 녹는 ᄯᅮᆫ 왓어

곳에 작의 께를 ᄭᅢ어두엇네 이

어ᇹ연 끈네던 젓가가 멸 의 ᄋ

나길동인 북 으 더 횟넘

가을

세상에
외롭지 않은
사람은 없다

이 가을에
사랑한다손
사랑하고 있다손
채워지지 않는
깊은 외로움

가을이면
발아하는
뿌리 깊은 사연

그 숲에 너를 두고 왔다

바람 부는 날
들길을 따라 걷다가
마주친 얼굴

낯이 익다
어디선가 본 듯한
아련한 기억 속
희미한 미소로 남겨진
가슴 울리는 얼굴

오래전
먼저 돌아섰던
그 숲에 두고 온
너의 얼굴이다

몽상화

마음이 통하는 순간에
피어나는
사랑할 수밖에 없는
꽃이 있더라

세상에 다시없을
아름다움으로
환하게 웃는
꿈이 있더라

빈들 밝히는
등불처럼
가슴에 피어나는
꽃이 있더라

살아가는 모든 날
놓을 수 없는
평생의 그리움 같은
그대 있더라

행복

행복은 서로의 뿌리에
물을 주는 것이더라
먼저 주고
더 자주 주고
더 많이 주는 것이더라

행복은 서로의 마음에
칭찬을 주는 것이더라
먼저 주고
더 자주 주고
더 많이 주는 것이더라

행복은 서로의 일상에
진심을 주는 것이더라
먼저 주고
더 자주 주고
더 많이 주는 것이더라

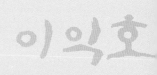

사람은 별이다

멀리 있는 빛나는
사람은 별이다
그리워 반짝이는
사람은 별이다
사랑으로 마주하는
사람은 별이다
스치며 살아가는
사람은 별이다
가슴마다 숨겨둔
사람은 별이다
영혼이 흔들리는
사람은 별이다
사랑을 기억하는
사람은 별이다
영원을 노래하는
사람은 별이다

여행

강으로,
또는 바다로
혹은 산으로 들로

그곳에 가서야
발견하게 되는
두고 온 것의 소중함

미안하기 위해
아쉬워하기 위해
그리워하기 위해

떠나지 않아야 할 시간에
떠나지 말아야 할 시간에
떠나온 원죄

예송 이익호가
쓰고,
새기고,
노래하고,
각인한 흔적들

제3부
내가
넘어야 할
산

시간

그대가 오는
시간은
참 더디게 간다

한참을
기다려도
여전히 제자리

세상이
멈추어 버린
그대가 오는 시간

우리

눈부신 날도 있었으리
화려한 날도 있었으리
돌아보면

행복한 날도 있었으리
사랑한 날도 있었으리
우리에게도 분명

눈부신 햇살

그대의 머리 위에
아니 이마 위에
아니 눈썹 위에
햇살이 내린다

그대의 얼굴에서
아니 볼에서
아니 눈동자에서
햇살이 빛난다

눈부셔서
바라볼 수 없는
그대의 전부에서
햇살이 흐른다

봄날

그것은 한순간
찬란한 봄이었음을

길들여진 둥지를
빠져나와
겨울의 고드름을
숨어서 맛보는
히아신스 꽃잎처럼

아무것도 필요하지 않은
청춘의 봄이었음을

소나기

마른하늘을 가르고
비가 내린다
비어 있는 가슴마다
채워 주라고
돌아보는 자리마다
마음 주라고

지친 기다림
이제는 거두라고
조용히 떠나는
사랑도 배우라고

심연

바다가 아니어도
깊은 곳이 있다네
어둠이 아니어도
깊은 곳이 있다네

한 길 마음속이
그렇게 깊은 줄
진작에 알았더라면

사랑으로 상처난
당신의 마음이
그렇게 깊은 줄
애초에 알았더라면

기다림

깊이
파고드는
칼날에
결이 드러난다

조금 더
힘을 주면
깊이가
깊어진다

가슴에
끝도 없는
깊이가 생겨
흔들린다

불러도
대답 없는
사랑에
결이 말라간다

웃음

어쩌면 우리는
이 세상에
한번쯤의 웃음을
흘리려고
태어난 것인지도
모른다

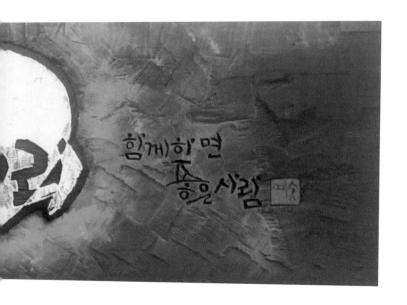

매화

톡
톡
피어나는 것이
마치
한 점의 조각 같아

얇은 꽃잎이
하늘을 파고들어
누구도 지울 수 없는
각인을 새기는 듯

톡
톡
향기 나는 것이
오랜
수련의 필각 같아

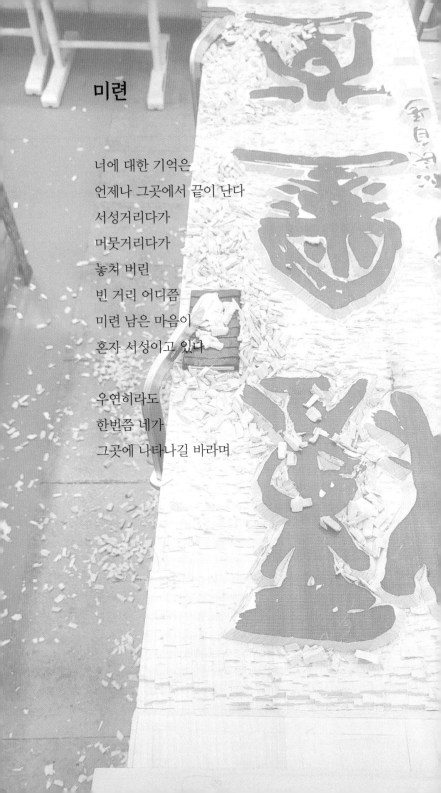

미련

너에 대한 기억은
언제나 그곳에서 끝이 난다
서성거리다가
머뭇거리다가
놓쳐 버린
빈 거리 어디쯤
미련 남은 마음이
혼자 서성이고 있다

우연히라도
한번쯤 네가
그곳에 나타나길 바라며

가을 편지

계절이 지나가는 길목입니다

어느새 조금씩
빛이 담긴 잎으로
주위는 점점
새로운 계절로 가득합니다

언제나 가을이면
떠나는 것들에 대한
인사로 분주합니다

멀어져 가고
저물어 가는
다정했던 한때가
기억 속에 물들어 갑니다

당신과의 거리도
지금처럼 빛나기를
가을바람 속에
빌어 봅니다

깨우침

아무리 어려워도
이 또한 지나가리라
아무리 힘들어도
이 또한 지나가리라

강물 같은 슬픔도
바다 같은 절망도
살다보면 잊혀지고
살아가며 이겨내고

아무리 그래도
이 또한 지나가리라
세상사 모든 것
때 되면 지나가리라

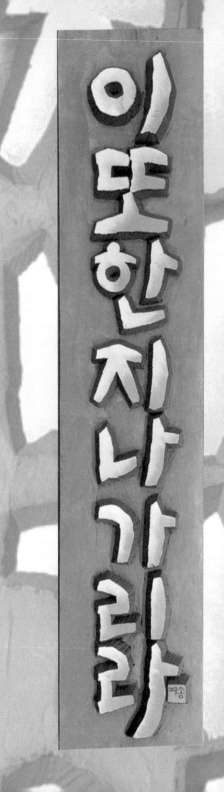

눈물

눈물은 기억한다
외마디 이름을

어디에서 왔고
어디로 갔는지
무엇을 했고
무엇을 남겼는지

눈물은 저장한다
외마디 기억을

얼마나 사랑했고
얼마나 미워했는지
얼마나 사무치고
얼마나 그리웠는지

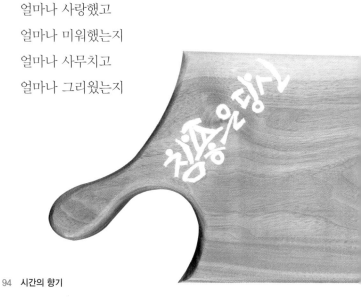

당신

당신이
좋아하던
꽃이 펴요

만산에
틈없이
꽃이 펴요

당신이
좋아하던
꽃이 펴요

그런데
당신은
어디 있소

저녁 기도

세상을 경이롭게 바라보던
아이의 시선을 기억하게 하소서

사소한 것에도 감동하고 놀라던
철없던 시절을 간직하게 하소서

특별하지 않아도 어울릴 수 있던
티 없던 마음을 지켜가게 하소서

넉넉하지 않아도 나눌 줄 알던
소박한 심성을 잃지 않게 하소서

나이를 먹어 가는 일이
습관이 되지 않게 하소서

하나를 더 배우는 일이
욕망이 되지 않게 하소서

부지런히 소망하되
비난받지 않게 하소서

행복하게 사랑하되
배려하는 마음을 두게 하소서

비밀

언덕이 있지
굽이도 돌아야 하지
한참을 가야 만나는
산등성이도 있지

마음밭 모퉁이에
너른 바위도 있지
당신 이름을 새겨둔
비밀도 있지

그 사랑 안에 한없이
머물고 싶고 욕심
어저가 저보고 싶은
마그 인 눈빛이
이그런이 있습니다
그리운이

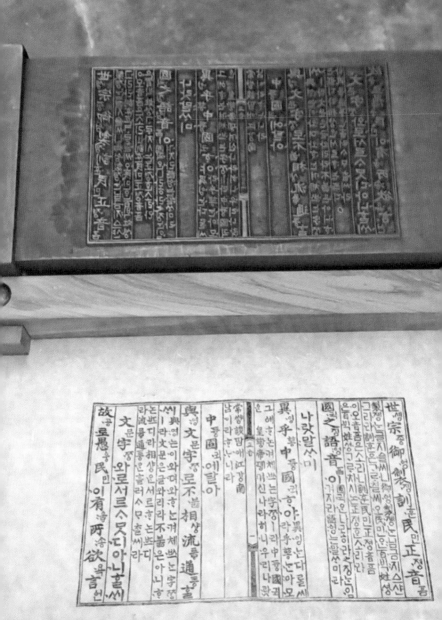

世宗御製訓民正音

國之語音이

異乎中國ᄒᆞ야

나랏말ᄊᆞ미

中國에달아

與文字로不相流通ᄒᆞᆯᄊᆡ

故로愚民이有所欲言ᄒᆞ야도

文字와로서르ᄉᆞᄆᆞᆺ디아니ᄒᆞᆯᄊᆡ

아쉬운 날

길은 보이지 않고
어둠은 내려앉았네
두려움보다 외로움이
마음을 흔들었네
지나갈 거라고
쉽게 말하지만
그때가 언제인지는
아무도 알려주지 않았네
작은 바람에도
가슴이 시리다고
진정으로 필요한 것은
충고가 아닌 위로였다고
한번쯤 다독이며
안아주길 기다렸다고
그랬으면 참 좋을
아쉬운 날이었다고

새로운 길

너는 새로운 길을 갈 것이다
한 번도 가보지 않은 길을
너는 가게 될 것이다
살아가면서, 점점 더 자라면서
너는 더 많은 새로운 길을 만나게 될 것이다
어떤 길은 너의 호기심을 불러일으킬 것이고
어떤 길은 두려워서 돌아가고 싶을 것이다
어떤 길은 즐거움에 발걸음이 가벼울 것이고
어떤 길은 힘겨움에 달아나고 싶을지도 모른다
그래도 너는 길을 가게 될 것이다
어떤 길은 희망을 보여 줄 것이고
어떤 길은 기쁨을 알려 줄 것이며
어떤 길은 실패를 안겨 줄지도 모른다
그래도 너는 멈추지 않고 나아가야 한다
쉬어가는 날이 있고
돌아보는 순간이 오더라도
결코 멈추거나 피하면 안 된다
모든 길은 너의 선택에 달려 있다

뛰어갈 수도 있고

걸어갈 수도 있다

혼자서 갈 수도 있고

친구와 함께 갈 수도 있다

길에서 만나고 배우는 모든 것이

너의 삶이 되고, 경험이 되며, 기억이 될 것이다

길을 두려워하지 않는 마음은

이미 네 마음속에 있다

자신을 믿고 당당하게 나아가라

어떤 어려움도 너는 이겨낼 수 있다

너는 강인하고 당당하다

자신있게 너의 길을 살아가라

네가 받은 교육과 훈련 속에는

세상을 이겨낼 힘이 들어있다

너는 모든 것을 이길 수 있고

저 너머 너의 영토에 도달할 수 있다

너의 모든 걸음에

무한한 지지와 응원을 보낸다

살아가는 모든 날에

너는 기어이 승리자가 될 것이다

칼

말에는
칼이 있어
상대를
벤다

좋은 말은
복이 되지만
나쁜 말은
칼이 된다

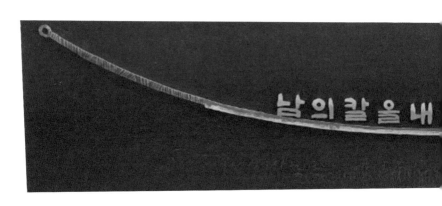

칼의 상처처럼

말의 상처도

평생을 간다

베인다

기죽지 말고 살아봐
꽃 피워봐
참 좋아

도복

나를 잡고
넘어뜨린다

낙법을 한다
그 자리에
내가 서 있다

언제였던가
도복 깃을 처음
잡던 날

그날 이후
검은 띠가
다시 하얗게 되도록

내게는 넘어야 할
산이 생겼다

늘 새롭게

비우는 것보다
채우기 급해서

남기는 것보다
차지하기 원해서

빈자리 없이 빼곡
넘치고 있지만

마음은 언제나
새롭게 다시 하기

시간의 향기

펴낸날   초판 1쇄 2022년 6월 10일

지은이   이익호
펴낸이   서용순
펴낸곳   이지출판

출판등록   1997년 9월 10일
등록번호   제300-2005-156호
주소   03131 서울시 종로구 율곡로6길 36 월드오피스텔 903호
대표전화   02-743-7661 팩스 02-743-7621
이메일   easy7661@naver.com
디자인   박성현
인쇄   ICAN

값 15,000원

ISBN 979-11-5555-146-2 03810

※ 잘못 만들어진 책은 교환해 드립니다.

시간의 향기